LES CONTES TRANSPARENTS

DU

MAGISTER ANASTASE.

I

LES REPRÉSENTANTS D'ELDORADO.

Livre Premier.

Prix : 75 centimes.

PARIS,

LERICHE, ÉDITEUR, PLACE DE LA BOURSE, 13.

DUBOS FRÈRES, A ALGER.

1845

LES

CONTES TRANSPARENTS

DU

MAGISTER ANASTASE.

———

LIVRE PREMIER.

PARIS. — IMPRIMERIE DE SCHNEIDER ET LANGRAND,
rue d'Erfurth, 1, près l'Abbaye.

LES
CONTES TRANSPARENTS

DU

MAGISTER ANASTASE.

> La dessus desirant apprendre quelque chose de
> nouueau : mais de grace faites moy (ce dis ie) partici-
> pant de vos discours ; non que i'e ı sois fort curieux ;
> mais comme voulant sçauoir ou tout, ou du moins
> beaucoup ; ainsi la gaye ioliueté de nos deuis allegera
> l'aspreté du coûteau que nous auons à monter.
>
> APULÉE. (Ancienne traduction.)

I

LES REPRÉSENTANTS D'ELDORADO.

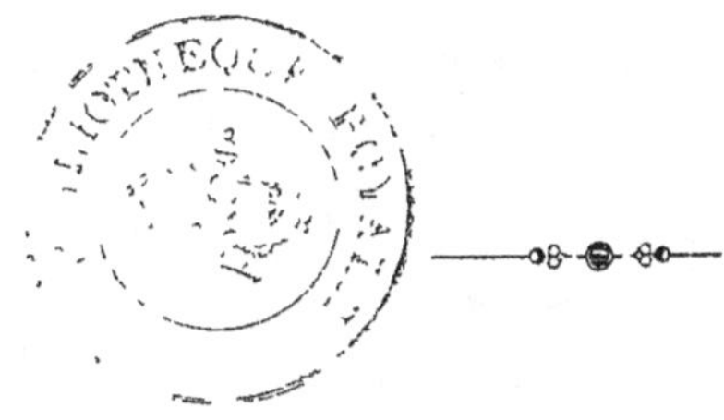

PARIS.

CHEZ LERICHE, ÉDITEUR, PLACE DE LA BOURSE, 45 ;

DUBOS FRÈRES, A ALGER.

1845

LIVRE PREMIER.

I

LES REPRÉSENTANTS D'ELDORADO.

De tous les gouvernements,
Celui que le peuple estime
Me paraît le moins infime ;
J'en appelle aux artisans.

Il est dans un coin de la terre
Un endroit bien connu, quoique peu fréquenté,
C'est l'Eldorado de Voltaire.
Deux voyageurs y ont été :
Deux seulement et moi troisième,
Qui reviens de ces lieux charmants,
Aussi gueux que les deux savants
Du voyage pénultième.
Aussi gueux,..... non, reprenons nous.
J'ai délaissé l'or, les bijoux,
Et c'est là que le bât me blesse ;
Mais j'y ai mûri ma jeunesse ;
Il suffit. Çà, continuons .

Pour revenir à mes moutons,
Ces moutons gras et beaux, moutons que chacun prise,
Moutons qui sont de bonne prise,
Chargés ainsi que nous savons,
Il me faut confesser la chose :
Au poëte tout parut rose,
Les moutons comme le pays.
Car enfin, tôt ou tard, il faudra qu'on le dise,
Ce que voit le regard, l'esprit le poétise,
Sinon au diable les récits !
C'est donc Eldorado qu'ici je vous veux peindre,
Non tel que Voltaire l'a fait,
Cousu d'or et d'argent :..... que servait-il de feindre ?
Certes il est beau comme il est.

Au temps de ma jeunesse où commence ce conte
Pour qui je demande pitié,
J'étais souple, leste du pié ;
J'avais l'œil vif, la langue prompte ;
Ardent à tout danger, fier, plein d'illusion ;
Franc de cœur, l'humeur vagabonde,
Brûlant de parcourir le monde
Au gré de mon ambition.
Las ! j'ai passé ma fantaisie,
Et me voici vieux de tout point,
Écrivain qu'on ne lira point,
Cloué dans mon fauteuil par une pleurésie :
Une sotte occupation !.....
Quoi qu'on dise, je m'en console,
Et m'estime content de la pénible école
Qui me permet de faire une bonne action.
Après avoir vingt fois essuyé le naufrage,
Vu tous les éléments contre moi conjurés,
Afin d'entraver mon voyage,
Mes esprits se sont épurés :

Je dus voir autrement que je voyais naguère ;
　　　　Suis-je pour cela plus savant ?
　　　　Hélas ! non : je ne le crois guère ;
　　　　Voir beaucoup n'est pas suffisant ;
Réfléchir, comparer, bien peser chaque chose ;
Sans motifs suffisants ne préjuger de rien ;
Séparer froidement, dans quelque endroit qu'on pose,
Le douteux du mauvais, et le mauvais du bien ;
　　　　Voilà ce qu'il m'eût fallu faire.
Je ne l'ai pu. — Pourquoi ? — Chacun s'en doutera :
　　　　J'étais beau, jeune, et cætera ;
　　　　Au diable j'avais trop affaire.
Plus tard, j'y appliquai la raison qu'on me doint :
Les choses tout soudain prirent d'autres visages,
　　　　Lois, pays, mœurs et personnages,
　　　　M'apparurent bien mal-en-point.
Presque partout je vis le pouvoir despotique,
　　　　Notre *Bon Plaisir* d'autrefois,
　　　　N'écoutant, ne suivant de lois
Qu'un caprice mobile et toujours tyrannique.
Je m'en indignai. — Bref, je fis mieux et m'enfuis,
Craignant à tous moments de laisser au pertuis
　　　　Un bout notable de mon aile.
　　　　La peste ! je l'échappe belle !
　　　　M'écriai-je, quand je fus loin.
Les sergents, bien souvent, sont gens de peu de soin,
Et je suis si chanceux de mauvaise aventure,
　　　　Que, sans regarder la figure,
On m'eût pu tracasser tant plus qu'il n'est besoin.
　　　　Or sus, allons tâter la diète,
Dont la dive Pologne a gardé la recette.
　　　　J'y courus. — Ciel ! du roi Pétaud
　　　　Elle garde aussi la relique ;
　　　　La dispute y est homérique ;
J'y vis battre le fer bien devant qu'il fût chaud.

            Un mot engendre cent querelles,
            Qui font voler trente cervelles.
            Tirons pied..... et adieu vous dis,
            Bonnes gens de ce beau pays ;
            Je vous livre mes deux oreilles,
Si vous me retrouvez dans votre paradis.

            De cent aventures pareilles
Je vous pourrais narrer les récits superflus :
            Cent..... j'ai grand tort : c'est beaucoup plus,
            C'est mille qu'il m'eût fallu dire.
Encore, en supputant avec attention,
            Verrait-on par l'addition
            Un total que je n'ose écrire.
Eh quoi ! me dis je alors. presque découragé,
Il est donc vrai, le bien n'habite plus la terre?.....
Non, c'est qu'il s'est enfui dans un autre hémisphère :
            Pour lui le nôtre est trop âgé.
Suivons-le. — Résolu de risquer l'escapade,
            Un maudit scrupule me prit :
            — Le suivre,..... ce mot est bien dit :
Le mérite du but fait braver la noyade ;
            Le scalpel, le feu, l'estrapade
Sous forme d'incidents charmeront le récit.
Oui ; mais quand on voyage il faut se faire entendre,
            Or, dans l'endroit où nous allons,
            Le langage que nous parlons
            Des sauvages nous fera pendre
            Ou griller, car ce m'est tout un.
            Taisez-vous, scrupule importun,
Vous ne parviendrez pas à briser ma marotte
            Et la Gagne-Monopanglotte
            Vous donnera tort sur ce point.
            — Voire ! dit l'autre, un tel adjoint
            Me paraît chose profitable.

Quel nom ! Ça, Dieu me le pardoint,
    Est-ce pas grimoire du diable?
    —Scrupule, mon ami, tout doux :
L'auteur est avocat,..... prenez garde aux verrous.
Le scrupule se tut, et de ce je fus aise :
    Il n'est chose qui tant nous plaise
Qu'obliger un fâcheux de nous céder le pas.
    Soyez vain, ne le soyez pas,
Malheureux sans asile, ou riche de chevance,
Vous serez toujours fier d'imposer le silence :
    Ce plaisir est rempli d'appas.

Un vaisseau m'emporta vers la jeune Amérique.
Étourdi quelque peu, mais non désenchanté,
    D'abord que j'y fus transplanté
    J'y revis notre politique.
Des lois..... je n'en dis rien : le même esprit étique
Qui préside chez nous à leur enfantement,
    Règne aussi sur ce continent,
Et le malheur du peuple en est la conséquence
    (Absolument tout comme en France).

O mon rêve d'azur, qu'êtes-vous devenu ?
Je souris aujourd'hui de mon erreur profonde :
    Sur cette terre où tout abonde,
    Le vrai bien seul est inconnu.
Et pourtant il existe : en douter est un crime.
Peut-être est-il bien loin, peut-être est-il tout près :
    Quand on cherche, il semble qu'exprès
L'objet de nos désirs se cache en un abîme.
    Il est, on le sait, de ces gens,
    Écrivains à la mine austère,
    Qui, par calcul ou par colère,
Prêchent le scepticisme en livres décevants.
Que répondre à ceux là ? rien. Qu'on les laisse dire ;

Ils sont fous..... ou plutôt, non, ce sont des méchants.
       Abuser du beau don d'écrire,
Aggraver la douleur de l'homme qui soupire,
Paralyser son bras, troubler ses jugements,
       C'est faire une action mauvaise.
Que leur en revient-il, cependant qu'à leur aise
Ils distillent dans l'ombre un dangereux poison?
En sont-ils plus heureux? — La vérité leur pèse :
De tant de sots discours c'est la péroraison.
       Je m'en tiens à cette raison :
       Si l'avenir est un mystère
       Aussi bien pour nous que pour eux,
Le doute tout au moins les forçait de se taire.
       Mais brisons : — sur cette matière.
On peut parler longtemps, voire y être ennuyeux.
Quittons-la sans regret; il n'est si belle thèse
Qu'il ne faille à propos savoir abandonner.
Le poète, par goût, préfère l'hypothèse :
C'est le champ qu'il s'entend le mieux à moissonner.

Mécontent, Dieu le sait, du fruit de tant de peines,
       Ennuyé d'avoir parcouru
Plus des trois quarts du globe en courses toujours vaines :
Bien près de retourner, si je m'en fusse cru,
       Un souvenir de mon enfance
Me revint en mémoire et dès lors me retint :
Le doux Eldorado, ce pays qu'on nous peint
Si fertile, si beau, ranima l'espérance
Qui dans mon cœur chagrin allait en défaillance.
       — Parbleu ! dis-je, je saurai bien
Si quelque peu de vrai se mêle à cette fable,
Le proverbe en ce lieu me paraît applicable :
       « Qui rien ne risque n'obtient rien. »
J'obtiendrai, de par Dieu ! si le fait est possible.
Que faut-il pour cela? — le courage? je l'ai;

La patience? je l'aurai.
Avec ces deux trésors un homme est invincible.
Agissons promptement, partons sans plus tarder :
          Hésiter, douter, calculer,
C'est vouloir s'assurer que l'entreprise est folle.
Le serment qu'on remet fait manquer de parole.
Il est de ces projets qu'il ne faut raisonner.
          Pour trancher, je me mis en route,
Sans compter seulement les périls du chemin :
          Sottement; mais coûte que coûte,
Je m'étais bien promis d'aller jusqu'à la fin,
          Car ma cervelle est ainsi faite.

          Si j'étais quelque peu poète,
          Je dis homme de fiction,
          Quelle belle narration
          Ferais je pas de mon voyage ?
Mais gardons nous-en bien ; il n'importe l'usage ;
Chacun doit s'estimer au juste prix qu'il vaut.
          J'estime pour lors qu'il me faut
M'abstenir d'un récit où sombrerait la barque
Qui vogue allégrement jusqu'à cette remarque.

A celui de Candide et du bon Cacambo
          Ce voyage est en tout semblable ;
Rien n'y manque, rochers, vaste désert de sable,
Précipices, torrents et puis Eldorado.
Touriste aventureux, je ne pus méconnaître
Son beau ciel, son beau sol, son immense horizon.
          Le philosophe avait raison ;
          Il l'a décrit de main de maître.
          S'en peut-on assez étonner ?
Son merveilleux génie avait sû deviner
          Tout ce qui manquait aux mémoires

De ces charmants aventuriers.
Une observation sur ces belles histoires :
Le voyageur nouveau corrige les premiers.
Réduisons donc les faits à la vérité pure :
J'avoûrai que Dame Nature
S'y montre moins prodigue et d'or et de bijoux
Qu'on le croit volontiers chez nous.
Nous devons pardonner ce mensonge agréable :
L'auteur voulait d'un conte bleu
Revêtir l'apparence et garantir du feu
Le livre qu'il rendait par ainsi plus aimable.
Le sol en est fertile, un peuple y est heureux ;
De ses dons les plus généreux
Le Divin Créateur combla ce coin de terre
Où l'on ignore la misère.
C'est tout comme si l'or par les chemins croissait.
Voilà ce que signifiait
Ce conte merveilleux, scintillante émeraude.
Reste l'âge des habitants,
Que Candide nous dit vivre au moins deux cents ans.
Le fait s'explique seul ; il n'est pas là de fraude ;
C'est que tous les jours sont remplis
Et que l'absence des soucis
Y double presque une existence
Que partagent gaîment le travail et les Ris.

— Vous pouviez garder le silence,
Dit le lecteur désappointé ;
Je préfère à la vérité
L'imagination et son riant prestige.
Foin de moi ! croyez vous qu'à ce point je m'oblige ?
Le vrai but de ma mission
M'exempte de la fiction :
N'attendez pas un mot qui jamais y ressemble ·
Vous vous passez de moi, je me passe de vous ;

            Ce droit nous est commun à tous;
            Ami lecteur, que vous en semble?

            Dans son livre Voltaire omet
            De parler de la politique.
            Sous un régime despotique,
            Nécessité l'y contraignait.
            En somme, puisqu'il n'en tint compte,
            Je l'en remercie, et j'affronte
Un danger qui n'est plus aussi grand qu'autrefois,
            En dépit de mauvaises lois.
Aussitôt que je fus dans ce lieu mirifique,
            Tout d'abord mon œil fut charmé
            Par le calme mélancolique
            De ce climat favorisé.
Tout y est frais, tranquille, un certain air de fête,
            Ce ne sais quoi que l'on comprend,
Impossible à décrire et que chacun entend,
Animait cependant la nature muette.
            Les chemins partout regorgeaient
            D'hommes, de femmes qui chantaient;
Tandis que des vieillards à longues barbes blanches
Devisaient, revêtus de l'habit des dimanches;
C'étaient pour la plupart de simples laboureurs
            Élus depuis peu sénateurs
Aux acclamations de ce peuple rustique.
Le penchant d'un coteau leur servait de portique;
Un chêne renversé, de tribune publique;
Un ciel pur et serein, de lambris protecteurs.
Le consul se leva :   « Sénateurs, leur dit-il,
« Des ministres ont mis votre honneur en péril,
« L'honneur d'Eldorado, magnifique héritage,
« Transmis par vos aieux vierge d'aucun outrage.
« Sénateurs assemblés, si vous donnez raison
« A l'honneur national contre la trahison,

« Vous avez dans les mains une arme redoutable

« Pour punir un forfait à tous incomparable ;

« Frappez-en sans pitié ces fourbes, ces pervers ;

« Prévenez le retour de semblables revers. »

      Il se tut : un frémissement

      Électrisa subitement

      Le vénérable aréopage.

        « Chers amis, dit le doyen d'âge,

        « Il importe au bien du pays

« De punir les complots de traîtres ennemis.

« J'en conviens ;   cependant il est bon qu'on apporte

        « La plus grande précaution

        « Dans un procès de telle sorte ;

        « Redoutons la prévention,

« Mais aussi gardons-nous d'un objet de scandale

« Dont gémit en secret Thémis impartiale.

        « Les temps ne sont–ils point venus

« D'éliminer enfin une escouade d'intrus?

        « Je veux parler de ces faux frères

        « Qu'on nomme des fonctionnaires.

        « Là c'est Jacques le Péager,

« Plus loin deux Collecteurs, trois Juges, un Fermier.

        « Tous gens de qui les consciences

        « Sont au ministre des finances.

        « Que viennent faire tous ces loups,

        « Mes amis, au milieu de nous?

« Vous les verriez, plutôt que la huche pâtisse,

« Essayer d'entraver le char de la justice.

        « Chassons-les ! »

           —— Qui fut dit fut fait.

     Le sénat rendit un décret ·

     Les représentants de la *tonte*

     En subirent la courte honte.

Le procès commença : l'on sentit dès l'abord

Qu'il pourrait bien finir par quelque arrêt de mort.
L'accusatrice voix s'éleva véhémente ;
La réponse évasive, ou diffuse ou tremblante,
Confirmait de chacun les présages secrets
Qu'on trafiquait l'honneur pour d'autres intérêts ;
Vainement on parla *prospérité croissante*,
        Beaux succès, *cordiale entente* :
    Ores est-il que ce langage plat
        Augmenta l'ire du sénat.
Jugeant bien qu'ils couraient une laide aventure,
Les ministres à bout découplent leurs carlins
        Pour conjurer les bulletins,
        Avant-coureurs de flétrissure.
On promit des monts d'or, des titres à fracas
        Des Vicomtés, des Exarchats :
        Toute la manne corruptrice
        En réserve pour le danger ;
        Chaque membre devait ronger
        Un plus gros os que son complice.
        Un honnête homme d'Aruspice
Se couvrit, indigné, le front de son manteau.
« Hélas ! s'écria-t-il ; ô prodige nouveau,
        « Précurseur de l'ignominie
        « Où s'en va choir notre patrie !
« Quoi ! ceux qu'un peuple entier nomme ses défenseurs,
« Vendent sa dignité pour de vaines grandeurs !
« Sénateurs, rappelez la pudeur qui vous reste.
« Des hideux tentateurs la présence est funeste :
    « Amputons-nous ces membres gangrenés,
« Ces venimeux serpents aux dards pestiférés,
        « Fléau des cours européennes.
        « Point de mesures mitoyennes ;
        « Sévissez contre eux sans retards :
        « Qu'on me branche tous ces cafards,
        « En attendant quoi qu'il advienne,

« Au plus bel arbre de la plaine.
« Quant au reste..... Dieu pourvoira :
« Sa justice en décidera. »

Revenus d'une erreur qu'aisément je pardonne,
En songeant que rien n'est parfait,
La leçon à tous parut bonne :
J'en excepte pourtant ceux que l'on menaçait.
Jaloux de faire absoudre un instant d'avarice,
Chacun de s'empresser d'imiter l'Aruspice,
Les corrupteurs honnis, confus, désavoués,
Furent offerts en sacrifice,
Et les ministres condamnés.

IMPRIMERIE
SCHNEIDER et LANGRAND,
rue d'Erfurth, 1.